風祭《かざまつり》

望月孝一 歌集

コールサック社

歌集　風祭

目次

Ⅰ　1994〜2000

Ⅱ　2001〜2010

Ⅲ　2011〜2020

Ⅳ　随筆と書評

歌集 風祭

望月孝一

I

1994〜2000

愛知県富山村に遊ぶ

一村一校一議会

戦後復興の国策なりし佐久間ダム　沈む村々山へと移す

一九五〇年代のこと

天龍の早瀬のたぎち堰き止めし日よりあきつの飛ぶ国かわる

入り組みし岸辺を行けばガラス映えあれが学校　村に着きたり

天龍の峡《かい》の湖畔に軒寄せて村は人口二百を守る

ふんばりて一村一校一議会みずから治める形がみえる

新家《しんや》にはむつきが朝日に干されおりオオルリたかく澄みて鳴く村

「山地の旅は心を締め付けるようなものがある」いまの暮しに？·《はてな》のあれば

宮本常一『民俗学の旅』から

森のまえ畑のなかに道のきわ日本蜜蜂競《きそ》い飼う村

休日を富山村《とみやまむら》教育委員会通用口より招かれて「村史」頒け受く

「村史」には町より赴任のある教師峠ゆ村見て踵かえすと

隠れ里の師走神楽を舞い継ぎてからくも「村史」の丁合に組む

「村史」編む山崎さん撮るアップにて一木一草この村の花

「斧入れず」の掟に森を守り来しかかる知恵にて今日に村あり

口ひげの村営バンガロー管理人　羊を飼いつつ床屋もすなり

食事には「茶房栃の木」これ一軒湯気立てしばしスパゲティ茹でる

食堂に掛けし駐在かるみの発句付句まちおり　スパゲティまだか

佐久間湖

夏来るを告げるヤブサメ叢林に倦まず鳴くこえ秋虫まねて

ヤブサメの鳴く声きけぬ友ありてわれも翁となる日を思う

ヤブサメ＝高齢者には聞き分け難い波長で鳴く

山峡を長々蛇行の龍のごとひげ描きながら小舟がのぼる

湖面へとわずかに届かぬ山藤を揺らして風はわたりゆきたり

堆砂を測る朱色の艇のゆるゆると橋のましたに旋《まわ》りおりたり

鎌倉の世に墾《ひら》きしと言い伝う湖底の村に堆砂は止まず

幼木《おさなぎ》の赤芽柏はやわらかにダム湖の岸にいわおをつかむ

林道に生いし蕨芽手折《たお》りつつ駅にむかえば野猿駆け抜く

飯田線大嵐駅《おおぞれえき》は無人駅切符受け箱ヒガラが住まう

トンネルの奥より列車の轟けばヒガラ矢となり巣箱に帰る

小穴より切符投げこむ人の手をヒガラの親子は恐れて暮らす

オオルリの谷を満たして鳴き交わす佐久間の奥の村は初夏

村の小中学校をテレビが晒す「地交税のムダ遣い」キャンペーンに

後日追記

一九九四年の旅行後程なくしてある民放テレビが村の「実情」を全国放映した。やがて「平成の町村大合併」で二〇〇五年に富山村は豊根村に統合され、人口一五〇〇人ほどの村の一部となった。

恵那山　・・・富山村を辞した翌日恵那山に登り山中に一泊した

母負えるさまに荷を背に「胞《えな》」の字を「恵那」ともあてし山を登りぬ

葛道《つづらみち》どっかり塞ぐ沢胡桃《さわくるみ》　根瘤またいで五十は若いぞ

締まり雪の砕けし底より水走る沢音跳ねいで山目覚めそむ

苦笑《にがわら》い　半解《はんげ》の雪はウエハスに似たるを踏みぬき初夏の山ゆく

牛刀鶏頭のたぐいかもよピッケルは杖に使いてほかに用なし

黒雲の降《お》りくる早さよ山包み氷雨ぶちまけ轟きにけり

山行に薄雪草《うすゆきそう》のバッジつけいつも笑むひとその花なくす

万葉の墾道《はりみち》こゆる御坂の峠われも越えたり苅り跡つづく

通り雨の一刻足らずで晴れ間出で恵那《えな》山の平《なだら》な姿を愛《め》でる

恵那山をずんずんくだるは御坂《みさか》峠まであとはがまんの車道を歩く

夏の山形　『山びこ学校』と無着成恭の残映

金次郎そのいく倍も荷を背負う子らが学びし山元村へと

訪《おとな》えば秋の授業のはやありて蟬声猛く学び舎つつむ

家内《やぬち》なるいさかいごとを受けとめて子の綴りしを恥ととる親

ガリで刷る文集『きかんしゃ』言挙げは「そして　おれたちわ《ママ》　きかんしゃだ‼」

学校と小道を挟む郵便局は村より外へと開く窓なり

心の伝わる良い手紙とは、を実習して教えた

『やまびこ』の表彰式に参ずるは暮らしを背負い綴りし子供

東京の少年多くは育ち良く無着の連れ来し子の丈低し

若き無着は石もて追われし教師なりさあれど行く汽車子らは見送る

「あんなことは学者にやらせておけばいい」にっぽんご系統化プランを教え子がいま

「夢ってなに？」「それは希望のことですよ」昼に見る夢無着も見たり

民放ラジオ「電話なんでも相談室」で私が聴いたこと

村を穿つ新道広し　閉ざされし村の重石も砕き敷かれて

無着成恭の山元中学校着任は一九四八年。最初のクラス文集は『きかんしゃ』四九年発行。教育実践記録『やまびこ』（副題　山形縣山元村中学校の生活記録）五一年青銅社発行。私の手元には同題増補改訂第九刷六六年百合出版発行。山元中学校は二〇〇九年度で閉校となった。

現地訪問は一九九四年の夏。

女谷に綾子舞を訪ねて

女谷《おなだに》に黒姫神社の秋祭り　色づく稲田のまなかの森に

女谷＝現在新潟県柏崎市女谷

伏せ稲を起こすすべなく祭りきて帰省の衆らくぐもり交わす

去年《こぞ》今年　冷夏のままに秋に入り瑞穂の国はいまゆらぎたり

そのもとは神事の神楽の秋祭り神主午前に役目を終える

午さがり「入《いり》の舞」にてご挨拶お国のころより続く約束

入りと出のときにはどの演目にも柔らかな共通の仕草をつける。お国＝出雲のお国

境内の杉の緑に映えし娘《こ》ら紅き頭巾にえんじの帯締め

はやし方そろいの袢かしこまり踊る娘に間合いを合わす

踊るは三人たたみ三畳の定めあり農家商家の座敷に招かれ
二人が組む踊りを伝承する集落もある

少女舞う「恋の踊り」はいにしえの御霊《ごりょう》招きの仕草にありぬ

踏み込みて扇払いぬ　神代《かみしろ》う大杉を背に綾子舞いつつ

黄金づく稲田の彼方の茅野へと笛の音澄みてわたりゆきたり

中秋のただ一日のひねもすを踊り見る輪に樹の影動く

老いてこの社《やしろ》を守る神主も杉の根方に舞うを見守る

この村なくばこの踊り絶ゆ　山村の無形文化財とはこの子七人

子ら去れる日は遠からず　消えゆくは古風の舞いと学校ひとつ

廃屋のいく棟あらわな山里に尾花さやぎて秋祭りゆく

秕《しいな》多き稲穂にあれど稲刈らむ心新たな秋祭りなり

「出雲のお国」は秀吉の頃に京の人々にかぶく踊りを見せ喜ばれた。

「綾子」は「ややこ（幼児）」と同源。古くは若衆の踊りだったが、江戸期に女児が踊るものに変わった。

この村の少女たちの通う女谷小学校は一九九六年度限りで閉校となった。

現地訪問は一九九四年と一九九六年。

薩摩いばら踏み

開門岳《かいもん》の麓の社《やしろ》に腰据えて隼人の首長《おさ》の顔せる大楠

枚聞神社《ひらききじんじゃ》境内

「ひらきき」の意味に惹かれて山に入る緑の奥に闇かくす森

南風《はえ》に向き登りそめしが知らずしらず行く向き変わり風絶えし森

開聞岳登山

山頂に至るも視界を得るあて外れ南風《はえ》の湿りに海の色なし

断崖を際どく曲がる道ばたに看板光る《密入国者警戒》

路果てし岬のかげにあると聞きいばらふみわけ宿乞う夕暮れ

さいはての佐多の岬にほそぼそと釣り人渡船の漁師住みけり

床板ゆるむ洗濯場にて帯を解き夕餉のしたくの音聞く湯浴み

酒甘し焼酎辛し缶ビールいくらか温《ぬく》いが刺身が旨い

巨大なり両手《もろて》で測らん黒目近《くろめじな》欄間の魚拓が酔う猿睨む

玄関の脇に小振りの伊勢海老が二匹飼われて我と目が合う

伊勢海老は晩の肴に尾を喰われ朝餉の椀に兜さらせり

渺々《びょうびょう》の海の白波つきぬけて屋久島航路のジェットの水煙

烈風は奄美のかたより吹きつけて檳榔子《びんろうじ》の実を春に撒きおり

黒潮の海に昇りし天津日《あまつひ》の歌碑読みふんばり断崖に立つ
歌碑は川田順

ど、ど、どうと波打つ岩礁あやうげにいただきおるは真白き灯台

古き世の灯台守の映画にて沖の船守《も》る夫婦の岬

幌尻岳まで

空を描く青年ひとりのアトリエとなりて十年子らなき校舎

中富良野町奈江地区

煉瓦積みのサイロを残し刺草《いらくさ》の被う牧場《まきば》を踏み分けて行く

沙流川支流の豊糠あたり

はやき瀬の糠平川《ぬかびらがわ》を渉りゆく小暗き岸に樺の樹白し

山に入る人の盛りの過ぎし夏小屋番去りしを告げて鳴く鹿

圏谷《カール》より雲湧き続く幌尻《ポロシリ》岳に太古のなごりの花咲き競う

ポロシリ＝「大きな山」の意

天と地の境の色とし花園は三十日《みそか》限りを夏の陽に照る

二日かけ踏み跡たどり山頂に到りて触れる石標温し

凹面のゆがみに吸われる心地にて熊棲む圏谷《カール》の縁《へり》を降りけり

沢はしる水泡《みなわ》に溶けし山の気はアイヌモシリの秋に鮭よぶ

アイヌモシリ＝人間の大地

日高山脈では幌尻岳が標高二千メートルを凌ぐ唯一の三角点を持つ。

晩夏のトムラウシ山

瓢簞沼まで

ヒグマ棲む山ぞと宿は牙をむく剝製ロビーに置きて客引く

天人峡温泉

十余年天人峡に飼われいし牝熊のたましいまだあるごとし

天候を案ずる眠りに夜半は過ぎ雨音徐々に弱まりてゆく

玻璃戸開け小糠の雨を払いつつ明けぬ森へと四人踏み込む

鳥は鳴かず梢の下草朱き実に森は晩夏をひそかに終う

ずっしりと濡れた真綿の霧背負い小川となりし踏み跡たどる

雨風にあわれなネズミぞわれらみな歯の根鳴りだすややも休めば

森は尽きかなたへ続く登山道踏まれし秋草目印にゆく

化雲岳《かうんのへそ》の臍《へそ》そんな見どころ霧に失せひとつ登りてひとつを下る

色をなさず霧重くゆくその底に巌《いわお》と見紛う山小屋の屋根

雪田《せつでん》のふちに淡きは蝦夷小桜カメラも向けず小屋の戸めざす

地図に読む瓢箪沼《ひさごぬま》なり小屋の建つほとりみっしり薊《あざみ》が囲む

啼兎《なきうさぎ》チチとも聞かず濡れたるを急ぐ着替えに小屋ありがたし

いつ知らず小屋に駆け込む人ふえて寝袋《シュラフ》おのおの伸ばす陣取り

翌日天候急変

明けの刻すでにきたれどなお暗く霧中の驟雨沼の面《も》打てり

足下《あしもと》に小径たしかに延びており　ペンキの白丸目印を追う

前傾《ぜんけい》し風押しかえしなお進むあわれ無言に杖突く四人

山いくつ我ら越えしか岩の間に屈み頼りの地図濡らし読む

山頂を越えねばならぬここ登れ　確信得しとき驟雨は過ぎつ

風に鳴る山頂なれどトムラウシ太き標柱ゆるがずに立つ

いつの間に風の吹く向き変わりおり嵐は風のみ残し去るらし

一息をつかんと白湯《さゆ》を沸かし飲む日の暮れ迫る下山を前に

向かい風を割りて岩の間滑り下り見返る山頂雲千切れゆく

しばしの間岩場を下り森に入り音立て滾《たぎ》る沢に出逢えり

竦《すく》み立つ我らの前の急流は草木巻きこみ溢れて下る

刻々に日の暮れせまる森のなか池ほど溜まる水に踏み込む

一歩ずつ足を抜きつつ泥濘《ぬかるみ》をゆけば終点遠退くばかり

先行者の足跡あるを励みとし休むをはぶきその後を追う

林道に至り安堵の彼誰時《かはたれどき》を熊笹さやぎ獣おるらし

暗闇の林道歩むに倦みしころ木々の枝間に一灯漏れる

夕食の時限は過ぎつ支配人「まずはお食事を」　湯舟遠退く

堂々の湯船なりけりふくらはぎツボを押さえてわが手でほぐす

湯に倦みてサンダルつっかけ涼みに出れば命からがら下山者続く

一九九六年の山行の三年後の七月、トムラウシ山一帯で登山ツアー客とガイド合わせて一〇人の疲労凍死者が出るという事故が起きた。私はこの報道を他人事では聞けなかった。我ら四人の場合は夏の終わりに、今度は夏の入り口で、急激に発達しながら通過した低気圧に見舞われた。どちらも低い気温の中を二日間濡れて歩き、特に二日目に暴風雨に遭った。われわれのパーティーは下山に大幅の遅延をみただけだが、さらに別のいくつものパーティーが、宵を過ぎてから、果ては日付も変わった真夜中に、この山奥の一軒宿（国民宿舎東大雪荘）にたどり着いている。旭川市内では洪水も起きていた。

只見川源流の初夏

只見ではジーンと山がふるえて息し虚ろな命をゆさぶり起こす

魚拓なる岩魚はげしく反りかえり川面を打ちし毛針を憎む

尺を超す岩魚の魚拓のかかる宿われは小ぶりの焼き身をほぐす

桜鱒厚き切り身は朴の葉に　山にしあれば酒は余さず

釣りですか　いえ川でなくテント持ち星を拾いに山に行きます

いく谷も越えて届きし郭公の響交う尾根に朝日が届く

平ヶ岳をめざすこの道遠回り雪載る笹を払うも潜《くぐ》るも

山名の全きとおりに平ヶ岳　尾根の池塘《ちとう》に夏雲泳ぐ

なだらかな起伏の底は雪深くいずこにあらん清水の湧き場

山上の雪の面《おもて》に伏したれば星はまたたき冷気を降ろす

われひとりひと山占めて寝《い》ねし夜はのの字山鼠《やまね》の寝姿まねて

雪を沸かし朝餉すませて帰る荷が仕事と家族を語りはじめる

Ⅱ

2001〜2010

飯豊《いいで》の山に入る

山都《やまと》なる小駅に立つ　小津映画セットの顔して旅籠《はたご》残れり

山姥の守れる岩場を御秘所とす汚《けが》れし者らよここに還れと

山姥にたらちね著《しる》けく彫られしも胸のはだけに痩軀が露わ

身じろがぬ露座の山姥不憫なり囲う石垣その嵩《かさ》足らず

善人よ冥土の庭とはここなりき　松虫草の紫の秋

飯豊本山奥社はさびて霧深し講の登拝いくとせ絶えしと

喜多方の青年会など講を組み登り来し日を小屋番に聞く

かりそめに母胎へ還る山入りにぬばたまの夜の雨音繁し

バスにケーブル出羽三山の賑わいに山の気薄し　飯豊は山なり

高校山岳部

大月・扇山

仰ぎ見るゆえの名なりと扇山《おうぎやま》落ち葉踏み分けさくさく登れ

山岳部の名のみ重たしハイキング細々続けて小春日をゆく

アウトドア、ワンダーフォーゲル、ハイキング、部名変更候補色々

ワンダーフォーゲル渡り鳥の意味にして近年鳴かずば生徒寄り来ず

サッカー部野球部のみがニーズにてチームを組めない部活増えたり

達成感の単純手軽は代え難し　己《おのれ》が足もて頂《いただき》めざせ

若い娘《こ》がよく山にきたね　媼に誉められ灯ともしごろに終バスをまつ

部員三人相手に山の地図広げ　日溜まりハイクだ仲間誘わな

日常を半身《はんみ》離りてチェックする知恵のひとつぞ山入りするは

取り返しえざりし事故を思うとき教師の負いたる山の荷重し

大月・高川山

柴栗の毬《いが》あまた敷く山路なり行き交う中に里人もおり

籠を負い足早に下る里人の声の弾みてきのこの香る

通俗を絵にせしごとく蔑《なみ》さるる富士に載る雲きょうも絵になる

山頂に憩える他校のパーティーも挨拶すませばまた富士を見る

ラジウスの音のかそけくありし間を風に乗りたるあきつ寄り来ぬ

ラジウス＝携行コンロ

二度三度小雪降れりときく富士の薄絹まといて彼岸の過ぎつ

腕《かいな》にて男子《おのこ》の囲いし景のなか宙《そら》に浮く富士盗りて帰ると

実《な》り秋の雑木の森は猿の国　一群《ひとむれ》騒ぎて人は失せろと

朱き実の蝮草《まむしぐさ》立つ木下闇過ぎゆく我を追いしまなざし

今日を足らい帰る車中の広告になお富士のあり　羊蹄山なり

山の友逝く

髪結いの亭主をそのまま生きること男の沽券はよそに捜して

今戸ではちったぁ知られた遊び人真夜に帰宅しシャッター叩く

家庭という荷物は妻に背負わせて山に半年一人で暮らす
退職後のことだが

唐松の林の隙間に種を蒔き朝な夕なの汁の菜を摘む

廃材を集めに時には町に下り暖炉の薪とし軒に積み上ぐ

バッカスは苗場のゲレンデ蕨採り消《け》残る雪見てスキーで遊ぶ

軍国の若人の夢海軍兵学校《かいへい》に入りしは大和の出撃まぢか

海軍兵学校《かいへい》の身長検査に背伸びすも戦後の人生身の丈に生く

海軍兵学校《かいへい》に入りて敵性外国語学びえしこと教師に生かす

戦後には名のある仏文教授につくも授業に生かせず授業に生かさず

東大仏文科の卒業だが、教えたのは英語

独文の中野孝次と同い年、程良き清貧時間豊かに

中野孝次『清貧の思想』

説教を人にしないは賢者のしるし気儘を突かれて抗弁もせず

この翁ボードレールだランボーだ周りの背伸びに聞こえぬふりす

バッカスをわれつい諫めつ焼酎をビールで割りしが朝のうちより

褚遂良《ちょすいりょう》もどき草書の筆放り晴れの日雨の日遊んでは飲む

褚遂良＝唐の書家

老兵を山とスキーの師に迎え我はテニスとゴルフは真似ず

江田島の真向かいの町ヒロシマを人に語れることとせず逝く

時と場所を同じくした木田元はキノコ雲を見たと自伝に書き残している

山の友を偲ぶ旅

会津七ヶ嶽

岳樺《だけかんば》の幹曲りたつ森をゆく今日のわれらに逝きし友あり

天ゆけるバッカス爺を追うごとく還暦前後のわれらが登る

あわあわと水落としゆく滑沢《なめさわ》に紅葉《もみじ》染めつつ木漏れ陽とどく

はや夏に熊は里へも下りしと森の異変はわれらの不安

この秋に実り乏しき山毛欅《ぶな》なるも根を張りてたつ幹はゆるがず

山頂のむこう雪待つスキー場今宵の宿の灯《ひ》眼下にともるや

高原の真夜へと酒が語りだすペンションその名も「エンドレス」なり

会津高原高杖に一泊

山をこえこの高原《たかはら》を抜けてゆく風の気ままに逝きし友いて

田代山湿原

秋の陽に枯れ芝原のかがようをまなかに憩いてひと時はゆく

晩秋の影ひくわれら　惜しみつつ離《さか》らんとする会津の深山

林道を里へとかえる車中より木々の名指しあい五色を愛でつ

そこにある丹沢

春の奥駆け

丹沢を西へ順路の奥駆けを思いて久し　季節はよろし

下りくる人に深山の花を問う周囲《あたり》若葉の見晴茶屋で

山鹿の食害防ぐ金網の延々尽きず八峰を区切る

柵続く此岸《しがん》に若き牡鹿おり人見て逃げぬは飼われるごとし

滝雲の谷に音なく落ちゆくをしばし見送り日暮れ刻々

同道を他生《たしょう》の縁とも思わねど山小屋一夜をすごして親し

霜降《お》りて小屋の庭芝白ければ冬物ジャケット重ね着したり

ジャケットの衿立てて待つその一点富士山頂に曙光射すまで

富士を撮る明けの刻々片かげに白き連山浮かびきたりぬ

いく度か通いし山なみ赤石連山いまは彼方に　友また久し

小屋発つに水五合を買い足しぬ今日の昼まで尾根に水なく

檜洞丸《ひのきぼらまる》　丸とは山を指すままに山頂なだらか芽吹く草ぐさ

丹沢晩秋

秋の嵐に首折れ咲きし松虫草細き茎もてなおゆれやまず

記録的烈風なりとこの秋の山毛欅《ぶな》は耐えたり小枝落すも

瀬音たて下る沢水渉《わた》るとき夏のなごりの温《ぬく》みに出会う

山名は檜洞丸《ひのきぼらまる》船のごと雲二分《ふたわ》けに海ゆくがごと

頂の丸き姿に山を「丸」さあれ滝あり岩壁もあり

梅薫草《ばいけいそう》春の芽だちを秘めながら土はかすかに湯気をたており

来し客は我ら三人なみなみと釜で湯沸かし人恋う山小屋

山守る営林署員のいまはなく笹生い茂りて山路を隠す

親仔して深山に笹を食みし鹿われらを見やりまた笹を食む

里近き山路の木々の爪痕はなべてが古りて熊消えし森

山の端のはかなき残照見やりつつ闇の這いくる川の音聞く

山での秋の日暮れはとても忙しない

春に秋に訪うは丹沢帰りには木霊《こだま》従き来る冬にまた来い

ある日のこと

わが日比谷メーデー・二〇〇二年

沼に棲みミジンコとなり泳ぎつつ酸素足りない　メーデーにゆく

団結の仲間とはいえ距離のある顔をみとめて「やあ」とのみ言う

デモのまえもう缶ビール空けている盛り上がりたくてたまらない人

目もとよき前の同僚また少し小皺増したか　笑顔にて会う

八月より減給一律四％の重石牽くデモ声揚げずゆく

ビル街をとよもしゆきしメーデー歌「インターナショナル」今は絶えおり

ずいぶんと遠くへ来たのさわが戦後「インターナショナル」学生さえも

幼な子の手を引きデモする人ら減り老いてゆく群れビル街をゆく

定年をまたずに退職予定すと明かす友あり　人生前向き

沿道に楠の萌黄の明るくてそれで明日がやっと明るい

打ち上げにライオンビールに繰り込めばいつの間にやらわれ最高齢

さびしさはホップの効いたビールでいやし友と別れてまたビール飲む

三楽病院物語

教員の指定病院惑いなく我ら頼りて寿命はまちまち

薬局の薬出るまで後列に病友《びょうゆう》らしきが倦まず語らう

ここにむかし友身罷るに駆けつけし妻に抱かれて眠る乳吞み児

片思いそれで終わりしそのひとが過《よ》ぎり行くさき何科か気掛かり

たかが皮膚科されど皮膚科に順を待ち奥の薬師《くすし》の気配り聞こゆ

通院に半日がかりを行く阿呆今日は三分診ていただきぬ

二科三科スタンプラリーせるごとく受診こなせる君は常連

「三楽」に秀才集めし楽の意も　わが昨今にその覚えなく

受験トップ校での教師経験無し　念頭の出典は孟子であり列子ではない

菜園の夏

ジョイフルで鶏糞・軍手買い足してオクラとゴーヤの種播き急ぐ

ビールの友の谷中生姜を広く播き出《い》できたる芽ぞはやも香にたつ

屛風絵は小茂田の「菜園」唐黍《とうきび》の葉は茂るまま灼け錆びし夏

小茂田＝小茂田青樹《おもだせいじゅ》

小茂田描く「菜園」のなか白昼を茄子・唐黍に昼顔からむ

夏の陽に灼けし地を這う蟻の群れちさき生もつゆえのひたむき

われもまた畑に犬を連れ行けば前足で掻くそこ掘れここ掘れ

休日に汗にまみれて耕す我を犬の目つきは哀れんでおり

適量に至らぬ農薬撒きおけば効かぬ頃合い知りて虫湧く

わが畠の夏の初実《はつな》り胡瓜とトマト味見済ませし鴉の嘴《はし》痕

アスパラとオクラ・エダマメわれが茹で妻はビールを忘れず冷やす

山陰線餘部鉄橋

百年の鉄橋

餘部《あまるべ》といえば『夢千代日記』の橋が余命も尽きて消えゆくそうな

原作・早坂暁　主演・吉永小百合

ひたぶるに夜をゆく汽車は響《とよ》みつつ但馬の鄙のともしび結ぶ

餘部に切り岸貫く鉄路あり夜を往く汽車の夢に往くごと

多くの人に『銀河鉄道の夜』を連想させてきた

内田百閒『阿房列車』にしょんぼりと小夜の餘部金借りる旅

設計は計算尺と勘に頼りし鉄橋百年潮風の中

烈風のかりそめならぬ高空《たかぞら》に架橋は危うき細腕ほどの

架台式構造の鉄橋

汽車ゆくも駅なき昔の五十年鉄橋歩みて村人出でしと

香住駅までの近道として利用した

蜩《ひぐらし》のせまる荒磯《ありそ》は今日凪ぎてさざえとこぶし食めばゆるめり

枕辺の窓を放ちて鉄橋をこえゆく列車を守《も》る月見上ぐ
鉄橋真際の宿に泊まった

冬にまた蟹食いに来むといきごめば一万円です蟹だけで

湯気あがる蟹の特大前にして雪の夜をゆく汽車を聞きたし

一度だけの転落事故

人の手に地形をいなし鉄路敷き明治末年この橋架けし

アメリカに良質の鋼材特注し美しきを保ちき手入れ尽して

むかしＳＬいまはＤＬその重き撓みに耐えおり張りつめおれば

事故ありてはや十九年冬至ごろいずこに誰かが今も忘れじ

回送のお座敷列車の落下聞く下車せし客らに酔い残るうち

年の瀬の出荷に忙《せわ》しき蟹工場不意に落ちくる列車ありけり

蟹をさばきたつきを立てしおみならの逝きし年の瀬みな村の者

遠因をつくりし社会は向き合わず車輛くの字に落ちし鉄橋

優先は「列車を定時に走らせよ」職員の質選別のとき

人員整理と組合差別が常態化

事故の責め負うて職員自殺せり死に値すは別人ならん

事故恐れ冬の不通はなお繁し鉄路にネックの風の橋なり

セメントの橋に替うるはいま易し明治の技術に別れ告げむと

末の弟

弟の急変　二〇〇六年

徹夜せし弟事務所に倒れおり午後には死の際日曜日なり

倒れしに後の半日気づかれず午後に偶然出社の人あり

入院の直後に若き医師ずばり　ことばの回復が最後になります

言語野をわずかに逸れし出血と医師のことばに希望をつなぐ

夫《そ》の妻が「もう仕事しなくていいのよ」と酸素を受けし弟に言う

儲け出ぬ小商いをやめしのち弟ソフトに活路をもとむ

ゲームソフトを皮切りに何でも

身内にてデジタル世界に馴染みよき末の弟新人類なり

わがためにパソコン選るのも直すのも要おさえて教えくれたり

弟は機械が人を従える世のどんづまりに寝食削る

コンピューター屋の仕事は無法地帯なり女工哀史が姿を変えて

ローンには誰にもやさしい無人機に終《つい》に頼りつ家族に隠し

リハビリ転院

大停電そは弟の脳なりき都会の夜ほどに混み合いし果て

短歌誌に身体異変を告げる歌今日の時雨に身に沁みて読む

弟に会わむと長きトンネル抜けて笹子の先の病院にゆく

時雨きてイチョウたちまち葉を散らし言葉を無くした弟がまつ

還暦にしばし間のある若き身を悔やみ見舞えば壮年数多《あまた》

弟の記憶の底にはらからの顔残るらし頷いており

車椅子に縛られ院内さまようもベッドに戻る地図さえあらぬ

ダリえがく時計の針のない砂漠さまよい続けて帰れぬらしも

リハビリを六月《むつき》限度で切る制度今年施行し弟を斬る

想定内の判定とはいえ弟に「介護度四」とは常時の介護

別れ

あるよるに「神は理不尽」と書けば星はすういと弟さらう

ほんとうのこと知らぬわれらしい慰められても泣きようもない

夕暮れにとぶ蝙蝠のせわしなさおまえ飛ぶがにしばらく去らず

「神田川」

銭湯の煙突高し都電ゆくそのころ神田は学生の街

きみ出でし故郷狭くて捨てたきに東京あまりに沸き立つらしも

東京のじっとりの夏も下宿にて親元日向《ひゅうが》へ君はもどらず

試験前ノートを取り替え写しつつこたつの中の足のやり場は

わが母はくすと笑いて吾が連れし腹空《す》く彼女にお代わりよそう

かろうじて器量七分の面立ちに加えて男子《おのこ》のことばをつかう

教育実習終えて彼女の言うことは初老の教師のすり切れネクタイ
教師への報酬に気付く?

われ婚をなしし十日をまたずして訪ねきたりて二度は来たらず

学問を遅ればせにもやりたいだとか教養ドイツ語「可」なりし彼女

可は最低合格点

大学の自治会ごろつきゴキブリと級友みな捨てドイツへゆけり

彼女には逃亡すなわち不退転　ドイツの古き学都にむかう

フライブルク市

ドイツにはブルクと名の付く町あまた今ごろどこかのブルクのきのこ

書庫番すれば

東京都公文書館嘱託勤務

カビ生じやすき地下にも書庫ありてながき夜ねむるワインのごとし

地下書庫の除湿器二台の水捨てに早番A氏は今朝も降りゆく

ああ市川房枝まで『愛国精神総動員』委員会速記録には
市川房枝＝戦前より婦人参政権運動に尽力

ザラ紙の戦中文書《ぶんしょ》を日がな読み束を閉じれば紙の粉《こな》散る

二十二年五月三日に楔《くさび》あり以後に勅令一通もなし
一九四七（昭和二二）年の日本国憲法施行に基づく

震災も戦災も越え守られし文書のフィルム化すでにローテク

公開のデジタルデータの検索にコツと慣れ要る　苦手な自分

『八丈実記』

近藤重蔵の子なる富蔵遠島の記録残せり『八丈実記』

幕命の北辺探査を重ねて果たす父重蔵の放蕩驕慢

近藤富蔵遠流《おんる》の因は父ならん近隣トラブル江戸のお裁き

八丈島《はちじょう》に五穀ほそぼそ稔らせて家族を持てど流刑の富蔵

流人船の帰りは嬉しき赦免船見送る富蔵描《か》きし絵残る

殺生をなしし富蔵遠流《おんる》のさばき赦免は明治一三年なり

明治女学校

細石《さざれいし》に瑪瑙見しごと東京府あて「明治女学校開学願」光る

「明治女学校開学願」は読み解かれ学事リストの検索ヒットす

一八八五年開学

英語学教授津田梅の履歴書まさしく「八歳の明治四年留学す」

臼杵より出できて下駄はき二里の道弥生子が雨にも通いし学校

弥生子＝野上弥生子 『森』に詳述あり

辻褄は「明治女学校閉学届」揃わぬは戦火のためか虫が食いしか

一九〇八年閉学

クララの結婚

墨跡は勝海舟三男伺状なり「米国婦人と結婚の件」

婚姻の相手はクララ　伺状の後ろにリアルな若者ふたり

よく澄みし『クララの日記』の青き目は不思議の国の日本と見たり

近年米国遺族から『クララの日記』英文原本伝授あり

町人《まちびと》が稲荷神社におろがむを「下等な動物なぜに祀る」と

仲人を「結婚仲介人とは恥ずべき行為」異国での恋は荒波

クララとは「おやとい外国人」の愛娘《まなむすめ》親のつきあう明治のセレブ

父親が会計学の専門学校開設に招かれた

気になるは勝家十五歳《じゅうご》の男子《おのこ》の気だてクララ多感な十九の歳に

クララ嫁ぎし梶梅太郎は妾の子父の名高くも勝家は嗣げず

父＝勝海舟

四つ上のアメリカ娘のクララとは出来婚なるらし二十二の夫《つま》

勝の子と相思のクララ一途なり四児をもうけ家計に窮す

勝海舟の支援は多少あったが両親が早々に他界したため

当時港区にあった東京都公文書館は二〇二〇年四月に国分寺市に移転した。

Ⅲ

2011〜2020

風祭のこと

疎開の地風祭再訪　二〇〇六年

山畑のなだりをくだる軽トラの荷台に土つく筍のぞく

竹藪のきわに焚かれし枯れ竹は炎踊らせときおり爆ぜし

筍は売り値のよかれ孟宗の手入れたしかな藪のさみどり

タケノコ掘りファミリースクール今日ありてＲＶ車で若き親子は

山畑の外れに茂れる竹藪にとおき日迷いし踏み跡のこる

ミカン山のかたえに実の着く金柑はわれが小猿のときに喰いし木

戦時疎開に歳かけ住みし山里に覚えの棚田は干上がりてあり

かの日には湧くがにおりし沢蟹に会うすべもなし沢はす涸れつ

鶏は沢蟹を好んで食べた

ウサギの仔分けてくれたる山の家は傾《かし》ぎ朽ちたり家具ありしまま

みかんの花葉かげにかくれ薫りつつかくも小さきふる里なりしか

母が唄いし「みかんの花咲く丘」

小田原に空襲ありて壕に逃げし母のおぼえは終戦当夜

一九四五年八月一五日未明

警報の解かれ夜は明け「重大放送」あるやの午《ひる》をながく待ちしと

調べれば母の記憶は確かなり我を背負いて壕に入りし日

内陸の空襲すませし帰途の機に残りし爆弾ありて落としぬ

山の端にわずかに野菜の畝おこし小屋には鶏《とり》と兎を育て

椀にもる鶏も兎もわれ食えず餌やり懐《なつ》くを潰されおれば

若き母「みかんの花咲く丘」よく唄いかなたに光る海もありたり

この歌は一九四六年に出た

父母に風まつごとき戦後あり五とせをしのぎ風祭《かざまつり》辞す

戦世《いくさよ》の過ぎつと見定む父母の上野に得し家は雨漏る平屋

傷兵院の記憶　一九五〇年前後

大人たちのショウヘイインとよぶ丘に不治の兵らの暮しありけり

風祭駅を眼下に傷兵院石垣高く弓手《ゆんで》に海見ゆ

現在も海はかろうじて見える

とんがり帽子の屋根をいただき真白にぞ傷兵院建つ孔雀飼われし

一隅に傷兵院の日のままの奉安殿が扉を閉ざす

新しき看板〔独立行政法人〕明治に始まる廃兵院なり
正式名称は「独立行政法人国立病院機構箱根病院」

開院は脊椎損傷兵士の多き日露戦なり巣鴨にありし
現在地には一九三六年に移転

いささかの糧に代えしや手内職箱根の土産を竹削ぎ作る

傷兵ら箱根細工の端切れ捨てわれはおもちゃに拾いて帰る

傷兵は義手も義足もあらわにて着衣の様は記憶に失せつ

記憶には二重《ふたえ》に三重《みえ》に車椅子マイクの音声届かぬ講堂
何かの行事のおりの光景

祖父母にはいかに映りし傷兵院父の除隊はよそごとならず
父の負傷は幸いにも大事に至らず

いかように感じただろう傷兵は「もはや戦後ではない」と打ち上げし白書

一九五六年度経済白書

遠き日の記憶はセピアそのままに明日へと続く時間を問わん

バイクで行く山

ロシナンテ寝《い》ねしツェルトの傍らに一夜佇立す守衛の様《さま》に

ツェルトひと張

ロシナンテ＝オートバイ

月夜見の光こうこう生地薄きツェルト透りてわれは包まる

ツェルト＝個人用簡易テント

小夜ふけて向いの家族のテントより幼の声す母も小声で

テント場に白露《はくろ》のまろく降りるころ寒さに醒めて又寝をはかる

寝袋の綿はダクロン化繊なり使いてへたらず三十年《みととせ》過ぎつ

今流の蝙蝠傘の仕掛けにてぱりっと張れるテントにあらず

年代物のツェルトすっきり屋根形を張綱四本のみにて立てん

全くの皺無きさまに張らんとて気張るなツェルト小皺もよろし

寝に就けばにわかの雨は空まかせ雨露どうにかしのげれば良し

鶏鳴にかわりカケスのさわぐ朝淡き夢路の一夜をたたむ

白樺と赤松かぐわしテント場に曙光まだなり高嶺は明けつ

秩父二子山

小鹿野には子鹿の伝説あるという尻向けしまま見返る子鹿

鹿の尻白きは旗を立つるごと木立にまぎれまたきょんと鳴く

岩尾根を矢弓《やきゅう》峠が万場へ跨ぎバイクの早駆け奔馬のごとし

岩山はジュラ紀に成りし地層なり泥の渚がいまは垂直

漣痕《れんこん》にずぼりずぼりと恐竜の五尺間をとる歩幅が残る

地の力岩をねじ曲げいま我の三点確保《ビレー》は縦縞の溝

名のままに岩塊寄り合う二子山ボルダリングにフェイスはよろし
フェイス＝岩の表情をさす

石灰岩の億年浸食やまざれば奇岩千変　ホモルーデンス

齢《とし》たけて来し山上は鋸歯《のこぎりば》数多《あまた》欠けたる山の歳月《としつき》

眼下には真白き深き傷露わ今日も掘られて掘る音止まず

叶山採石場

登るより降りるが難くばアンザイレン友の労り受けて下降す

アンザイレン＝ザイルで繋がること

入梅の赤岩峠

木々の間にはつかに闇の明けくれば向う見えるかもひとつ山か

夜の明けにつぶて飛ぶがに小鳥ゆく小森の河原に川音かえり

ジャガード機の飛杼《とびひ》のごとく飛び交うは岩燕かな峪に朝きて

ほととぎす特許許可局開局しうぐいす初夏にも梅便りせる

蛭に逢わずくちなわにも逢わず遅出の春蟬鳴き声迫る

春蟬がぶわんと山を鳴き沸かし復《かえ》らざるもの悼みておりぬ

厚き板を返せば〔大滝村立鉱山保育園〕なる　全戸去りたり

玻璃戸割れカーテンちぎれピアノだけ鍵盤露わに弾《ひ》かれるを待つ

鹿どもの黒豆散らすごとき糞樹間に一合山路に二合

左は廃道右は踏まれて峠へと　辻の標柱《しるべ》が遠き日を指す

廃道側は雁掛峠へ

崖条例

売れない宅地

我が家から徒歩三分に売り地とは馬に人参見せたるごとし

株価急落銀行破産のペイオフに土地に頼りて虎の子守らん

手に入れし遊休資産は菜園に「お高い野菜」と誉められ貶《けな》され

老い増して夏の菜園草ぼうぼうただ四十坪が売ろうに売れぬ

紙切れにならぬが土地ぞ虎の子ぞ　虎の子いつの間逃げだしたのか

市と地主手つなぎ拓きし高台は雛壇整う日だまりの丘

畑から仰ぐ擁壁四メートル基準高なりわが街の崖

宅地造成資料の保存は一五年故に「資料はもうありません」

ゆえに市が造成工事完了証明書を発行しない

曲者《くせもの》の「県がけ条例」市役所にコピーいただき夫婦で学ぶ

気の利いたハウスメーカー家建てず崖はリスクか万が一でも

その気ならば家は建つらし頑丈なＲＣ造りの豪邸ならば

ＲＣ造り＝鉄筋コンクリート工法

竣工記念碑

一角に二十余年を鎮座せる土地区画整理組合竣工記念碑

御影石に刻まれ連なる理事・役員存命なるは一人とて無し

組合の事務方なりし老女がひとり往時を語る　皆溌剌《はつらつ》と

市と地主手つなぎ拓きし住宅地安全保証は自明とされきし

潜みたる断層顔出し崖崩れいったいいつの日どの崖のこと

洪積世台地を拓きしわが街は露伴の『五重塔』のごとあれ

善良なもしくは無知の市民われ知らぬま我が身の削がれおりたり

人の減り続けるこの国土地需要減るは当然これも因果ぞ

「蓄えよ老後資金の二〇〇〇万」金融庁言い吾には失せつ
この年二〇一九年には国のガイドライン発表が社会問題化した

土地が売れた日

三年も店晒《たなざらし》せる土地と知り地元業者が恍《とぼ》けて値切る

三年と半年世間の波寄せて返して売値の砂山削る

入手せし値の半ばを底値としうさぎ来るまで切り株守れ

子二人の若き夫婦が現れて強気のローンで家持たんとす

半世紀前の我らかこの夫婦畑が趣味でバイクにも乗る

コロナ禍を押し切る気合いの若夫婦工夫こらして家建てるらし

札束が羽根をはやしてさよならと漫画見たよなはんこ突くいま

やっかいな片付けごとの一つ済みあとの終活気ままになさん

猫の死

半月が小庭《さにわ》の宵をわたりゆく老いたる猫のいまわにありて

いかんせん飲まず食わずに十日経つ途中嘗めしが水のみ一度

わが猫の十有六歳老衰はにわかのことなり腰より細る

排尿を欲れば表へ躄《いざ》らんとそれさえ荒き息をなしつつ

土佐琵琶の月水《げっすい》さんの多摩川へ遠き日の妻仔猫授かりに

月水さん＝黒田月水・女性琵琶奏者

親猫はアビシニアン種で脱走のゆえの雑種ぞ気性は強し

発情は鈴を振るよう声震わせて網戸を破り外泊をせり

アビシニアン種に特有の発情期の鳴き方あり

一度だけ子を産みたれば五匹が五色《いろ》　ロン毛、雉虎、母似はおらず

よく鼠捕らえて戻りそれを食い尾のみ残すは誉めるに難し

コロナ禍のさなかにゆきしと刻まれん妻に常より添い寝せし猫

年越し

福に禍にどうやら暮れしこの一年お膳にのせて妻と夕餉す

年の瀬に夫婦はスマホデビューせりラインペイペイフェイスプイプイ

新春の映画は何をあの顔の葛飾柴又　有縁糾《あざな》う

正月を娘が男の子を見せに来むわが家の大事は手ぐすねひいて

初孫は中学一年生《ちゆういち》なるも発語せず　人の世常々吸う息で読む

寝室の二階に男の子をあげるとき抱きて上げる危うさ五日

やまゆり園の惨劇が　用と無用を別けたがる世が　玄関に立つ

やまゆり園の惨劇＝二〇一六年に相模原市で起きた殺傷事件

南信一巡

南信をゆるり一人のバイク旅山国なれば天気見定め

けわしげな杖突峠は名ばかりぞ諏訪から高遠われの近道

高遠の城趾の丘の花園は来る人まれに往く秋の薔薇

バラ園の西かた開き木曽駒《きそこま》ケ岳も空木《うつぎ》岳も澄みたる秋の気のなか

若き日に聖岳《ひじりだけ》より見下ろせる遠山川は深くて遠い

歳なれば見上げるほかなき聖岳　仰ぐ山里かの日のままか

山の宿に今宵の客はわれ一人それとてあるじとマスクし話す

あしたには極楽峠を訪ねんかすこし妖しきことばに遊ぶ

Ⅳ　随筆と書評

サハリン島は遠くない

「千葉県歌人クラブ」第34号（二〇一八年）一部補筆

昨年の夏に私が出した歌集の題は『チェーホフの背骨』である。この歌集らしくない題名を付けたわけを何人かから訊ねられた。題名は歌集中の

絶望のはての堕落を救うもの「そは子供なり」チェーホフの背骨

から取っていて、チェーホフの旅行記『サハリン島』をテーマに置いた連作中の一首なわけだが、あとの祭りながらもう二、三首補っておくべきだったかもしれない。

私にとってサハリン島（樺太）はそう遠い島ではなく、祖母方の叔父が戦時中その島の炭鉱で働いていた。敗戦で叔父一家は引き揚げ、北海道の雄別《ゆうべつ》炭鉱で坑内労働を続けた。他方、戦後も疎開先の小田原にとどまっていた我が家が、世相の落ち着きをみて祖父母ともども東京の上野で暮らすようになると、叔父は何かの用で上京の折には祖母の顔を見

に立ち寄ってくれていた。私が高校か大学に通っていたある日、ふいに彼がやってきて「会社の仲間とこんな用事で来ているので、今日は挨拶だけで……」と、カバンからタスキを出して私たちに見せてくれた。それには「石炭合理化反対」というような文字がしたためてあり、ヤマの仲間の代表として国会や政府に陳情に来ていたのであった。飛行機の利用がまだ庶民の間ではなかった六〇年代前半の話である。

いよいよ雄別も閉山になると彼の一家は京葉コンビナートに移り住んだが、祖母が亡くなるといつの間にか疎遠になり、私の意識からも遠ざかった。

再び彼のことやサハリンのことが脳裏に去来するきっかけになったのは、在日韓国人作家・李恢成の『サハリンへの旅』を手にしたときで、読み通せば、戦時中にサハリンに糧をもとめた一族の、日本国敗戦による離散、そして長い歳月のはての再会の物語であった。

後年、私が利尻山に登ったとき、北海道はよく見えるのに、サハリン島は海霧に隠れて望み見ることができなかった。

関連五首追記

徴用の男あまたを酷使せる戦時の炭鉱《やま》に叔父まぎれいし

樺太の炭鉱に一家を養いし叔父の風貌野武士のごとし

樺太に石炭掘りし叔父戦後掘り続けしは雄別の炭鉱《やま》

親類の付き合い淡き叔父なれど坑口写す写真が残る

利尻富士に立てど海霧《かいむ》の深くして叔父ありし島いずかたのはて

雄別炭鉱は釧路炭田の内陸西端に位置する三菱の優良ヤマで貨客両用の鉄道も敷かれていたが、閉山後は街も線路も無人の森に帰った。

忘れていた先生

「東京都立足立東高校　第二学年通信」（一九九〇年七月）に補筆

新宿御苑を散策すると、日本式庭園のはずれに、関東では最大という白木蓮の巨木がある。花の見事さは言うまでもない。そしてその付近に一棟の茶室があり、入園者に有料でお茶を出す。ここには表に「この席は立礼式《りゅうれいしき》です」と小さな案内が貼りだしてあり、それを最近までなんのことか分からずにいた。

僕は大学で教員免許状社会科をとるために「倫理学」という講座を受講した。自分の高校時代には社会科に倫理という科目がまだ無かったから、教えられる中身には全く想像が及ばず、ちょっとした知的な跳躍感があったし、文部省が高校の社会科科目に「倫理」を加えるのは戦前の「修身」復活の地均《じなら》しだと言うような批判があることも承知していた。そのいささか妖しげな「倫理学」を眼から鱗のおもしろさで講義して下さった数江教一先生が、先日のある新聞の小さな記事では「立礼式茶道の提唱者」として紹介されていた。

立礼式というが、この記事によれば立ったまま飲む訳ではなく椅子席に座るものらしい。正座が苦手などんな人にも茶道を実践してもらおう、という運動をしているのだという。当時の先生は今の自分ほどの歳だった。だから今は相当の高齢なわけで、新聞には額が広く白髪の目立つ七七歳の老人として写っていた。先生の講義を文学部の多数の学生に混ざって聴き、ただ単位を貰ったにすぎない他学部（商学部）履修生だったが、最近起こったある事件をきっかけに先生のことをよく思い出すようになっていた。

僕は数江先生にはイスラム教やゾロアスター教といった日本人にあまり馴染みのない宗教のアウトラインを教わったりした。しかし最近になって、オウム真理教の裁判のニュースに触れるたびに、先生が書かれ、当時はまだ未完成だった講義用テキストの終わりの方に、キリスト教「旧約聖書」のヨブ記のことが述べてあったのを思い出すのである。

ヨブ記も自分が若い頃には自分の生きることとは別次元のお話にすぎなかったが、例えば今は「地下鉄サリン事件のような惨事を起こしてなおこの教団が消滅することはないだろう」と、この書が述べていたように読める。事実一〇人中九人は去ってなお一人は残る。善良な人間に禍を与えてはばからない神の理不尽さをもってして、また隣人達の心からの忠告をもってして、ある人間からは信ずるものを奪ったり変えたりすることができない、とはどういうことなのか。

以来ますます気になるヨブ記のことなど改めてお尋ねしたいけれど、あれから三〇年。歳月が流れてしまいすぎたような気がする。

元になった新聞記事は「毎日新聞」一九九〇年六月一九日〈コラム「ひと」〉

関連四首

今知るは数江瓢鯰子《ひょうねんし》という数寄者　彼より世過ぎの単位いただく

都立高校教員採用試験には倫理で応募した

数江先生西方諸仏の誕生を「先ずアミターバ」愉快顔にて

アミターバ＝無限の光明・阿弥陀の語源

庭園の池に臨める茶席には椅子のありたり母と着座す

庭園＝柏の葉公園内　母の晩年は車椅子使用

「初心から逃れられずに来た」と言う大江に励まされ倫理第一講

「」内は大江健三郎が自著『ヒロシマノート』を回顧しての弁

小転校の最後に

閉課程記念誌「光みなぎる」（東京都立上野忍岡高等学校定時制課程・平成一八（二〇〇六）年三月発行）に補筆

昔、都立高校の校舎には「小転校《しょうてんこう》」というのが少なからずあった。戦前の尋常小学校からの転用校舎を指すわけだが、一九六八年七月という半端な月に私が新規採用教員として着任したときは、都立上野忍岡高等学校（上忍《うえしの》）もこの校舎だった。

「小転校」はどれもデザインが似ている。関東大震災（一九二三年）後の耐震設計にもとづく鉄筋コンクリート三階建のもので、窓に対する壁面が広く、薄暗く重い感じのする建物だった。だがこの校舎の記憶は戦後復興の時代の情緒に繋がり、いまも懐かしい。

グランドがテニスコート一面にも及ばない狭隘な校地の西側を、高天井平屋建ての小さな講堂兼体育館が占めていた。翌年度にはその講堂を含む西半分が改築のための取り壊しとなり、校舎東側は二期工事のためにその後もしばらく残った。

私はといえば、年度途中に着任したその七月の一日から、大学を出たてのままに三年生の担任に充てられたが、これには試運転もせず突然船出するようなスリルがあった。力量不足の教師としての自分、対して生徒の多様な意味の力に感心させられることがしばしばあった。

この着任の年の自分は四年生の授業を持たなかったから、いま話そうとしている生徒の名前も知らないのだが、何の暖房設備も無い講堂を使う最後の卒業予餞会が寒夜に催された。

舞台上には椅子とテーブル、やや下手寄りに窓の付いた壁一枚という簡素な大道具をしつらえて、送られる四年生の男子二人が、ほとんど科白ばかりの芝居を演じた。当時の定時制生徒は例外なく昼間は仕事・夜は学校という毎日であった。それでいてなお、延々と尽きない芝居の会話をいつどのようにして覚えたのか。テープ録音機がまだ普及しておらず、彼等の台詞が口パクだったとは思えない。この肝心の科白が、音響設備が貧弱なため、後方に立つ自分には半分しか聞き取れなかったのであった。舞台で一生懸命の彼らの気持ちを思うと胸が痛んだ。

題は『白夜あけそむ』、この題を今も忘れない。原作者はだれだったのか、そこをうろ覚えである。ドストエフスキーにそういう作品があるのかどうか。いま自分が退職というところまできて色々なことを回想するうちに、このささいなことが気になって複数の全集や百科事典に当たってみたが、結局はよくわからなかった。もし日本の作家なら当時売り出し中の寺山修司にも『白夜』という題の都合良い一幕物があるらしい、などなど。頼りない記憶の糸に戻れば芝居の雰囲気はやはりロシア文学なのである。真夜に陽が落ち、すぐ朝が来る。その短い白夜の時間を若者二人が議論を続け、気が付けば「ああー、もう夜があげたぞ！　おれたちは――」と言う。この最後のだいじな科白を本当は何と叫んで幕が下りたのか。今でも気になるただこれだけのことを確かめる手だてがない。

しかし改めて思うこととは、原作者が誰かでも声の届き加減といった芝居の首尾でもなく、こんなまじめな芝居をやろうとした若者たちが目の前にいてくれたという事実だ。

私が担任した次の学年にも感心する生徒たちがいた。あの予餞会との後先は忘れたが、「映画教室」というのをその講堂でやった。一六ミリフィルムを業者から借りるときに作品のリストを生徒に見せると、彼らは原作が水上勉、監督が内田吐夢の『飢餓海峡』を選んだ。彼らの関心は内田吐夢にあるらしく、少年にしてはかなり映画通と思われた。すでに映画館で見た者もいたようで、「オッ、きみらもいけるな！」と思った。映画は長編なので予算を超えたが認めてもらえ、私が映写機を回すにはまだ不慣れなので理科の小宮崇司先生に側に付いてもらった。

若い高倉健が刑事役で出てくると、彼らはすかさず、「ヨッ！　健さん！」と、浅草で芝居を観る調子の一声を入れたのには驚いた。映写が終わると面倒なフィルムの巻き戻しも彼等が手伝ってくれた。

その後も彼らは、担任の私などが何も知らないうちにいっさいの段取りをつけて、文化祭では『ヴェニスの商人』を、卒業祝賀会では『白浪五人男』の大見得を、衣装も揃え感心の出来映えでやってみせた。もうあの講堂は毀《こわ》されていたので、白鷗高校の講堂や旺文社の学生会館ホールが舞台になった。彼らは若い体育の原田幸男先生の指導を受けてバレーボール部で毎夜がんばっていたのだが、余技でこの程度のことをやった。

卒業すると、この映画好きのグループの古林兄弟・妙村・野間・井出（故人）君らは、その後ながく地元で「入谷映画村」という活動を続けた。一六ミリ映写機を借りてきて、時には倉本聰・小林信彦などが手弁当でやってきて、下町の正真正銘の映画ファンに満足のいく話をしてくれた。私も始めたころしばらくは何度か招かれ顔を出した。

さて、古い記憶の多少とも美化に傾くことはやむなしということにして、最後に何首か詠んで筆を置こう。

少年ら背筋を伸ばし前向けば光るもの見ゆこころざしとう

一幕劇窓辺に曙光《しょこう》を照らすとき友ら拍手し夜学率《お》えゆく

中学の詰襟のまま着通して定時制了えゆく男子《おのこ》らありし

地方より出できて夜学の灯《ともしび》はおのおの越ゆべき峠にともる

初稿への追加一三首　「かりん」二〇〇六年一二月号出詠等

戻りますまた定時制にと言い置くも静まり聞きいし子らに果たせず

四年間在職の後全日制に異動

旅行誌のこよみ目に留む「ペテルブルグ白夜祭」なる白夜の祭り

定時制なることば陽の当たる世間に忘れられつつ廃校反対集会
朝日歌壇一九九三年二月二八日　近藤芳美選

三十余年隔てて会いし一人の生徒記憶かえらず名のみがおぼろ

小学校転用校舎の思い出は男女の別のなかりしトイレ

笑む目元「山あり谷ありいろいろでした」今日来てくれてそれで十分

中卒の准看夜学生おり泣きし欠席多くし単位届かず
高卒資格は看護学校受験に必須だった

近くにはおそれ入谷の鬼子母神《きしもじん》　祭りの好きな土地っ子おりし

霜月のお酉様の日授業終え宵の八町生徒ら駆ける

宝塚劇団挫折の女生徒をふと思いたり愛しき会釈の

教師にも地方より出《い》でし者多く生徒も半数ふる里のあり

鹿児島より中卒に出でし男子《おのこ》言う田舎恋いし日ゆめゆめあらず

まずビール、ワインも干して口軽く君ら六十路は我がすぐあとぞ

生徒の多くとは五歳ほどの差

付記

当歌集を編集中に編集担当の座馬寛彦氏から「同じタイトルが『高校演劇脚本集・第一集』の中にあります」と連絡があった。早速昭和三一年宝文館発行のその本に当ってみると、脚本作者秋月桂太氏の「白夜あけそむ」には（若き日のドストエーフスキイ《ママ》）と副題まで付き、『貧しき人々』誕生の一夜が描かれていた。五〇年前の記憶に概略合致する一幕物にいま辿りつけたのであった。

ブログ転載

小高賢さん逝く

二〇一四年内に分載のものを一部補筆

1　歌人の小高賢さん、きょう突然の訃報　（ブログ一回目　二〇一四年二月一一日）

小高さんは、私と同じ一九四四年生まれ。

以前、自分が通う短歌の勉強会（歌林の会・弥生野支部）のことを書いたが、私が同席できた範囲でも彼を二、三度その会がお招きして、みんなで歌評をしてもらったことがある。馬場あき子先生の私生活の断片なども聞かせてもらったりした。彼の話し方はいつも快活で、話したいことが溢れて止まらないように見えた。

また、ある年の歌林の会全国大会のおりには彼が「そろそろ歌集を出しませんか」と話を向けてくれたことがあった。自分の実力からは程遠い次元に思えて話を進めるには至らなかったが、今も彼の厚意をありがたく思っている。また、私には歌林の会の主要歌人の中では大いに共感の持てる歌人の一人だったので、近しい感情をもって彼のかりん誌月例出詠歌には目配りを欠かさなかったし、著作もかなり読んできた。

聞けば、今朝、仕事場で一人で亡くなっているところを発見されたそうで、司法解剖がされるとのこと。それで死因ははっきりすると思うが、要するに「過労」に起因するものと思う。「特定秘密保護法」反対のデモにも参加されていたのだと、つい先ほど弥生野支部長の影山さんからの緊急連絡電話では聞かされた。

哀悼の気持ちに代えて、彼のたくさんの著作中から、私が実際に読んだ作品を次に書きぬくことにしよう。取りあえずはこのパソコンの傍らの書架から引き出せた本を。

怪鳥の尾　小高賢歌集　砂子屋書房　一九九六・一二（かりん叢書）

宮柊二とその時代　五柳書院　一九九八・五（五柳叢書）

本所両国　小高賢歌集　雁書館　二〇〇〇・六（かりん叢書）

この一身は努めたり　上田三四二の生と文学　トランスビュー　二〇〇九・四

老いの歌　新しく生きる時間へ　岩波新書　二〇一一・八

『怪鳥《けちょう》の尾』にはこんな九首がある。（掲出順不同）

泳ぐより翔ぶより水になじみ浮き真鴨は生《いのち》たくみに衡る
二度三度会議席上売れざるを判決とする販売部長
夏の雲ちぎれて迅し死に急ぐ若き東国武士を思えり
本当の孤りは母を喪いて絆解かれてのちにくるらん
湯豆腐を好みたる亡父勲七等陸軍伍長のごとき一生
「一病を息災とせん」死の匂い濃き同僚の手紙の末尾
陽は夏の力あれどもフジアザミくさむらに頭《ず》を抜きて死にたる
いますこし視線を下げん漱石の享年越えてすでに一年
「戦争をしらない人間《ひと》は、半分は子供である」と大岡昇平

『本所　両国』にはこんな一四首がある。（掲出順不同）
大船映画「野菊の墓」の思い出にどこか邪魔する左千夫の顔は
三月の霧雨に耐え声もなく葬儀待ちたる黒きコウモリ
身のめぐり死者ふやしつつ死者となるまでをくるしみ励む一生《ひとよ》か
小津映画のような一行記憶せり「視点はひくく視線はたかく」

いずこにも秋水の名は見つからぬホテルの部屋の観光ガイド　秋水＝幸徳秋水

秋水の墓前にしばしたたずめば藪蚊がわれの腕を攻めくる

数字に頼る企業ではなく理想などたたかわせたき照れくさくとも

同僚を見る眼のなきとみずからをつくづく笑うほかなし今日は

臓器移植にいのち継がるる世の詩歌いかに生きるかなどは問わざり

否《ノン》という意志を捨てれば岸上も逢いにけむかも高度成長　岸上＝岸上大作

声ひそめ伏し眼がちなる岸上の母を憶いぬ戦後史の寡婦

妻逝きて妻のいもうとめとりたる空穂自伝によろこびはなし　空穂＝窪田空穂

ぎこちなくネクタイを締め出ずる子のわれなくしたる朝の緊張

給料の語源知らざる子の塩はひとつきのちの結晶を待つ

私が持つ『本所　両国』の内表紙に小高さんが金文字で書いてくれたサイン

生きるとは母のぬくもりひきずりて
　半歩一歩と死へ向かうこと　小高賢　ブログでは写真版掲載

2　続・小高賢さん追悼　（ブログ二回目　二〇一四年二月一二日）

朝日新聞の今日の朝刊に訃報が載っていた。

他紙も同様だったと思うので、短歌に関心のある方は気付かれたのではないだろうか。

昨夜は彼の歌集二冊を掲出したので、今夜は彼が書いた評伝を二冊あげておきたい。


『宮柊二とその時代』（五柳書院　一九九八年発行）

戦争中に戦争には行かず（年齢のこと等の条件もあるだろうが）、戦意高揚の歌を詠んだ文学者（歌人を含む）は多いが、前線に出て銃を持って戦った文学者は余り多くない。もしくは戦死した。そのあたりを小高さんは「歌人の運と不運」という章で書いている。

宮柊二《みやしゅうじ》は一九三九（昭和一四）年二七歳で応召、四三（昭和一八）年に召集解除。山西省で多くの戦闘に加わった。私の父より一つ上（父は一九三八年二五歳で応召、四三年一二月召集解除）の同世代である。

宮柊二は歌人としての言葉を持つ人だったから歌集『山西省』で戦地の実体験を言葉に残した。ただし小高さんは歌集において彼は他の歌人と異なる作歌態度として、徹底して情や説明を排除した点を指摘。逆に言うとすれば思想的な観点が少ない。いわゆる戦争文学の代表作品である野間宏『真空地帯』、大岡昇平『野火』『俘虜記』、安岡章太郎『遁走』などと比較してみればそれがはっきりするのだ、と。これを私が言い換えるなら、戦場カメラマンのワンショットと同じ視線で歌が詠まれている、そういうように読める。

落ち方の素赤《すあか》き月の射す山をこよひ襲はむ生くる者残さじ
胸元に銃剣うけし捕虜二人青深峪《あおふかだに》に姿を呑まる

宮の『山西省』に詠まれた戦場の熾烈さ、精神への酷薄。そのことに深い感銘を受けて宮の評伝を書いたと思われる。

私の父は普通の庶民なのでそういうものを後世に残すことができなかった。ただし父はペンの代わりにカメラを持ち込んでいた。(その写真のことは末尾参照)

宮柊二には、他にも日常をとらえたこういう歌もある。

つき放されし貨車が夕光《ゆふかげ》に走りつつ寂しきまでにとどまらずけり

いろ黒き蟻集まりて落蟬《おちぜみ》を晩夏の庭に努力して運ぶ
徐々徐々にこころになりしおもひ一つ自然在《しぜんざい》なる平和はあらず
戸を引けばすなはち待ちしもののごと辷《すべ》り入り来《き》ぬ光といふは
ゆらゆらに心恐れて幾たびか憲法九条読む病む妻の側《わき》

本書を読んで宮柊二というスケールの大きな歌人の全体像が見えてきたように思えた。

『上田三四二の生と文学　この一身は努めたり』（トランスビュー　二〇〇九年発行）
まずは、私が好きな上田三四二《みよじ》の歌を一首紹介。

ちる花はかずかぎりなしことごとく光をひきて谷にゆくかも

奈良県吉野山の桜を詠んでいる。桜を詠んだ名歌は世にたくさんあるものの、私に一首挙げよと言われたらこの一首かも。
帯にキャッチフレーズとして太字で貼り付けた言葉「**短歌を日本語の底荷だと思ってい**

る。そういうつもりで歌を作っている。」は小高さんが選んだものと推測されるが、この中の「底荷」という言葉は船の荷が空のとき横転しないように重心を下げる重しのこと。日本の文化は日本語によって支えられているのだ、という自覚があり、短歌はその核の役割を担っていると上田は考え、それは小高さんの大きな共感でもあった。

また帯には本書「あとがき」から抜いた短いコメントが載っていて、これも小高さんが共感する言葉であったようだ。

「才を恃《たの》むのではなく、真面目に励めば何かが生まれる」

上田三四二の歌

年代記に死ぬるほどの恋ひとつありその周辺はわづか明るし
つきつめてない願ふ朝ぞ昨日《きぞ》の雨に濡れてつめたき靴はきゐたり
うつくしきものは匂ひをともなひて晴着のをとめ街上《がいじょう》を過ぐ
たすからぬ病と知りしひと夜経てわれよりも妻の十年《ととせ》老いたり
白木蓮のひと木こぞりて花咲くは去年《こぞ》のごとくにて去年よりかなし
腹水の腹を診て部屋をいづるとき白髯《はくぜん》の老は片手にをがむ

乳房はふたつ尖りてたらちねの性《さが》のつね哺《ふく》まれんことをうながす
三十年わが名よぶ母のこゑありきそのこゑきかぬのちの二十年
世のひとにあらざるわれが世の些事《さじ》をもちて日々通ふ妻をただ待つ
遺志により葬儀はこれを行はずふかくおもひていまだも言はず

六首目　上田三四二の職業は医師　末尾は晩年病床で詠んだ

3　小高賢さんの予感？　最後の歌のこと　（ブログ三回目　二〇一四年二月二一日）

今日は歌人・小高賢の最後の歌のことで。
「短歌研究　二月号」に二〇首、「現代短歌　三月号」に一三首載っている。
いつものように影山さんが今日の郵便でコピーを送ってきてくれた。

「短歌研究　二月号」　二〇首中の六首

人の死は酒席にまぎれ壁に掲ぐ献立表のひとつに終わる

夕闇の葬りにふれて涙せど一時間経て鳥の腿嚙む
死が序列狂わしめたる席次なり三人越えというリアリズム
消えゆくは大正世代のみならず堕ちゆくはやさ競うがごとし
死ぬまでの時間をはかるここちせり全歌集あと100ページほど
新しき手帖にうめる生活の間仕切りに似る診察予約

「現代短歌　三月号」　一三首中の七首

耳遠くなりたる性は長命という説のあり　武川忠一
よきものの七十《ななじゅう》歳代という歌をにわかに信ぜず信じたくもあり
警報のくらき灯かげで書きつげる明治の気骨見す『冬木原』
老いてなおこころ奪わる年下の死に遇う哀しさうたう哀しさ
晩年の空穂の日々は生のすべ尽くしたりけん老白梅か
「死はやすし」と洩らす心地の訪いくるや冬陽差しこむ日の『去年の雪』
不審死という最期あり引き出しを改めらるる焉《おわ》りはかなし

歌集二冊は窪田空穂

コピーを開く瞬間に気付いた。何とたくさんの「死」一文字が立って見えることか。気を取り直し読み出せば、その文字が使用されていない歌にもその影が迫っている。彼はどんな回路でわが身に迫っていることへの予兆を得ていたのだろう。「短歌研究」の最後の歌には「診察予約」の言葉が見える。身体になにか気配を感じるものがあったのか。それとも通常の健康診断だったのか。

「かりん　三月号」が一〇日後に出れば、そこには本当に最後の歌が載ることと思うが。

4　最後の歌のこと　補足として　（ブログ四回目　二〇一四年二月二一日）

小高賢さんの最後の歌を読んでもう一つ気付かされたことがある。彼は国会に何度も抗議しに出かけていた。それを彼が亡くなるまで自分は知らなかった。最初に影山さんからそれを聞いたことは一回目に書いた通りである。また朝日新聞二月一九日朝刊文化欄のコラムにもそのことは書いてあった。ただし彼の名を「鷲尾賢也さん」と本名で書き、一般に広く通るペンネームの「小高賢」がどこにもないのであった。これは妻から「鷲尾だけじゃ普通の人はわからないわね」と言われて気付いた。

この記事を読んで「いかにも彼だなあ」と思えたのは、書き出しで「講談社の名物編集者だった」とまずは書き始められているその中身であった。彼は社内で、出版文化を担う企業の「社格」を上げるために戦う人だった点を述べるくだり。コラムの中段にはこうある。

「僕は講談社の中で岩波書店をやってるんだ」と言っていた。新書が教養から実用へ傾く流れは止められず、学術色の濃い「選書メチエ」を創刊したのだろう。ただ、学術分野は岩波が強く、若い頃は執筆を依頼した学者から門前払いにあったともきいた。

もう一つ気付くことが最後の部分にあった。

亡くなる六日前に届いたメール。「どうしてこんなに日本は急にファッショになってしまったのでしょうか」。

こういう流れの中で昨日の小高賢さんの最後の歌を読むと、彼が希求していたこの国のありようがハッキリと見える。

「短歌研究　二月号」　二〇首中の三首

老いさびぬ犬の散歩に小太りの猫の薄目や　法案通る
拍子木の過ぎたるのちに「用心」の声は裾ひき角をまがりぬ
失速し水に墜ちたる「狗《いぬ》」を撃つ飛礫ひとつも見えぬ茱萸坂《ぐみさか》
茱萸坂の真下は地下鉄千代田線の「国会議事堂前」駅ホーム

「現代短歌　三月号」　一三首中の三首

周縁にまず回り込みうしろより足音ひそめ来たる改憲
もはやわれしりぞかざると決意する妻をいざない茱萸坂通い
棒を折るわけにはゆかぬ金曜日「国会議事堂」前の夕暮れ

自分も昨日の国会中継を聞いていると、国の形がモロモロに崩れていく有様を肌の感覚として感じてしまう。そしてたてまえ民主主義の構成員の小さなビス一個でしかない自分個人のことも。気骨ある小高賢さんのような人の死は本当に惜しくてならない。

5　小高賢さん、元気に旅路を…（ブログ　五回目　二〇一四年三月八日）

本日（3／8・土）朝日新聞夕刊「惜別」欄
惜別・・歌人・編集者　小高賢・鷲尾賢也さん
2月10日死去（脳出血）69歳　2月14日葬儀
（記事の前半略）
歌人の「小高」姓の由来を聞くと、「コザカしいから」「本名がワシなので、小さいタカ程度でいい」などとはぐらかしたが、実は妻三枝子さんの旧姓。照れくさかったらしい。

われがもう六十歳《ろくじゆう》半ばということに子らはおどろくもちろんわれも

この歌は、生前最後の歌集「長夜集」の一首。だが、老いが自《おのず》とおかしみを醸す「老いの歌」を詠む時間はなかった。

福島の事故以降、週末は官邸前の反原発集会に通っていた。

「憤るだけでなく、何かしなければ」と。すべきこと、したいことがたくさんあった無念を思うばかりだ。

（記・大上朝美）

小高さんが所属する歌林の会月刊誌「かりん」三月号には七首が載る。そのうちの三首をここに紹介する。われらへの励ましの歌として読んでおきたい。

明日は雪の予報にこころはずみたる夜をみつめるガラスの彼方
ハンタイを届かせるため小さじほど傷口に塗る塩をもたねば
ひっそりと隠れて生きる希《のぞみ》から恥ずかしきほど遠ざかりたり

6 『老いの歌』のこと（ブログ六回目　二〇一四年四月二一日）

当記事一連で取り上げてきた五冊中では二〇一一年発行のこの岩波新書が一番新しい。

「老いたら私はどうなるのか」誰もが感じる不安である。

だが先例のない超高齢社会とは、裏返せば、人類にとって未知の、広大な可能性ではないだろうか？〈私〉を歌う文学である短歌にヒントを求め、〈老い〉という新たな生の豊かさを探る。短歌はもはや〈青春の文学〉ではない、老いの文明を生きる私たちの力強い伴侶である。

（表紙内側のキャッチコピー）

このようにして、彼自身を含む高齢者の仲間入りを果たした（果たしつつある人も）団塊世代に本当の成熟を期待していたのが小高賢であった。それなのに彼自身は、あのややや高いテンションのまま、同世代の者の先頭切って逝ってしまった。

彼がこの冊子に書き込んでいる内容の幅と密度は高く退屈しない。短歌に馴染んでこなかった人が読んでも内容は平易、誰にも了解が容易であろう。類書があるようでありながら、これだけの質をもったシニア向け「入門書」は貴重に思う。

私が初心者だったころに彼から直接聞いたことがある。「いい歌を詠もうとばかりして力んで作るとうまくいかない。例えば茂吉を読んでみると、彼の歌にはつまらない歌もたくさんあって、その中でいい歌にうまく出会えたとき、彼の歌の良さがよく分かる。一般の人の歌集でもそういうことは言えると思いますよ」茂吉とは斎藤茂吉、この本の中にも大事なところでしっかり登場してくる。〔2　茂吉『つきかげ』問題〕の章ではこの茂吉最後の歌集の意義を丁寧に解いているからお読みあれ。

さらに、老境に入ってから戦場体験を歌いはじめた一般には無名の人にも触れいて、そういう人の歌にも目配りがある。

老人ホームの光景や身体的不如意を嘆く歌だけが「老いの歌」ではないことを、この一冊がよく語ってくれている。また、高齢者には俳句と短歌のどちらが取り組みやすいか、両者の長短はどこにあるのか。そういう、ことばという心の容れ物の種類についても一工夫のある考察が加えられている。

他の著作のことなど書きとめておくべきことは尽きないが、本稿は以上としておく。

本稿の元になった原稿＝ホームページの検索は可能である。

内容は二〇一四年中の当方のブログ数回分をホームページに蒐集したもので横書き。写真を含む。

〈ホームページ　Mochi の logcabin　Ⅱ　本棚　現代のうたよみびと　その1〉

http://mochi1209.karamatu.com/book-14.html

なお初稿のヤフーブログはサーバー側が一八年末で事業を停止した。

私の父が「満州」で撮影した写真群（セミ版コンタクトプリントのみ残存）のことは前歌集『チェーホフの背骨』中「父の戦場」「ドレスデンから来たカメラ」において連作のテーマになっている。

後書き

まず歌集タイトル『風祭』のことから。風祭には大学箱根駅伝の「小田原中継所」があり、正月には箱根登山鉄道風祭駅前すなわち鈴廣蒲鉾本店前の国道が映る。そこから選手と群衆の熱気が届くたびに、駅の反対側の丘に鎮まる「箱根病院」のことを思い出し、ある感慨が湧いてくる。前の東京オリンピックは一九六四年という昔のことだが、そのパラリンピックでは日本人出場選手五三人中一九人がこの箱根病院（一九七五年までの名称は箱根療養所）から出たのだという。

本書収録歌にある通り、さらに昔はここが「傷兵院」と呼ばれ、私が慣れ親しんだ場所であった。大切な思い出の場所なので、この一〇月半ばに小田原までバイクを走らせた。当時の施設が今も残っているのか、さねさし相模の海が詠んだごとくに見えるのか、幼友達は今どうしているのか。

行けば古里は何もかもが小さくて、記憶の中の病院にあるものでは尖り帽子《とんが》の小さな塔の載る元本館建物と、藤棚の脇に施錠された奉安殿だけが残っていた。長期入所者の作業棟も、演芸会を見せてもらった講堂も、長い尾を広げてみせてくれた孔雀の小屋も消えていた。海は厚木へと続く有料道路が視界のほとんどを覆ってしまったものの、その上辺にかろうじて水平線が見え、青い海が見えた子供の時の記憶は幻影ではなかった。

病院本館の受付玄関には立派な額装の油絵が一枚、それは車椅子に座る男性が太い孟宗竹に鉋掛けしている場面であった。幼い私がこの絵に見るこの竹をくり抜いた欠片《かけら》を持ち帰り、玩具《おもちゃ》代わりにして遊んだことも歌の通りである。

続いて早川対岸の石垣山に登ってみた。この岡のような山は箱根病院からでは海の右手を半分塞ぐ壁として見え、また自分にとっては疎開先の家の窓から見える唯一の遠景でもあった。急な山道を石垣の露出する場所まで登ると、コロナ禍のためかその「秀吉の一夜城」には人影がまばらだった。これから訪ねる幼友達Mさんの蜜柑畑は城の石垣のすぐ手前にある。

約束の午後になりMさんの家を訪ねた。私が両親と東京に出たのは五歳のときであったが、祖父母がそのまま風祭の家に数年は残っていたので、小学生のうちは弟と共に長期の学校休みの多くを風祭で過ごした。私とは歳の差があり一緒に遊んだ記憶が曖昧な妹さんも在宅。ただし私たちの二棟並んでいた家はいま通りがかると更地になっており、こうなるはるか以前に、彼は風祭駅から見て少し山寄りに新宅を建てていた。双方の母親が若い嫁同士で親しく、離れてからの親たちの年賀状のやりとりは、子の代の我々もこれまで欠かさずに続けてきた。

実は幼馴染みのMさんは私より少し年下で、自分が年長のグループと遊ぶときに足手纏いなので時々邪険な扱いをしてしまい、未だにそれは申し訳ないことなのだ。それなのに六十余年を隔てて会う今日の彼はただ笑顔でいてくれた。最近は大きな手術も経験したと言うけれど、石垣山での蜜柑栽培はなお続けているとのこと。

「叔母（母の妹）が長くあの病院の看護師でした」とは初耳に思ったが、子供だった自分には興味の外の話だったためだろう。

表が薄暗くなり腰を上げかけると、打ち解けて話の輪に入ってくれていた妹さんから、「これ、そこの鈴廣の土産物なので、お家で召し上がってみてください。今度は奥様もご一緒に」と包み物を渡された。尊い時間が持てた礼を言い、さらにバイクの身支度をしながらも話は尽きなかった。

さて、この歌集の中身のことだが、近作がごっそり抜けている。それは三年半前に歌集

『チェーホフの背骨』を出したとき、二〇一一年の「3・11大地震」以後直近まで六年間の歌のみで編集したからである。不整脈頻発という体調に先を案じて、昔の歌を引っ張り出すような呑気なことをしている気分にはなれなかったためであった。

ところが心房細動という不整脈のことでは最新医学の恩恵を受け、二〇一七年の出版直後の短期入院手術をもって快癒した。また今度のコロナ禍では出歩くことがままならず、加えてこの春に菜園を手放したので畑仕事も無用になった。諸般ないまぜて気持ちが緩み歌を詠みはじめた頃の歌を引き出すと、私が遅出の歌作りを始めたころの気持ちが甦ってくるような歌が目にとまるのであった。元の職場同僚という縁で影山美智子様の誘いを受けて歌林の会に入れていただいたのは一九九五年のこと。以来、休詠期間がありながらも細々と歌を詠んで今日までできた。

歌には誠の心が大事だが、この一冊を繙いて下さった方にどう読んでもらえるかも大事なことだ。拙い歌ばかりが多いという不安の中で、この歌集に何首かでも共感していただける歌があることを願うばかりである。

また、巻末に随筆三編と小高賢氏の著作に関係する長い追悼文を収録した。通常は歌集にこのような荷物を背負わせないものかとは思うが、歌を読む意識の基底にかかわる事柄なので収録を決心した。

◇

歌林の会の馬場あき子先生、坂井修一様はじめ皆様、毎月の選歌をはじめ常々のご指導を賜り、ありがとうございました。

歌林の会弥生野支部の影山美智子様はじめ皆様、歌友として日頃より率直なご意見やお励ましを下さりありがとうございました。

また特に鷲尾三枝子様には、私の小高賢氏への敬愛の気持ちをお汲みとりいただき、多くの引用やコメントの掲載をご了解いただけたことを心から感謝申し上げます。

鈴木比佐雄様、座馬寛彦様はじめコールサック社の皆様、本歌集出版へのご尽力ありがとうございました。

二〇二〇年一一月　記す

望月孝一

国道一号線、風祭・箱根板橋の中間あたり。左から、著者・弟・母。母が懐妊中のようだ。(1948 ～ 1949 年頃)

風祭・箱根病院正門の坂で。左から、著者・弟。(1950 年頃の夏)

風祭・Mさん宅横の路傍で。左から、幼友達のMさん・著者・Mさんの弟。(1950 年代中頃の夏)

望月孝一（もちづき　こういち）

1944年　両親の疎開先の神奈川県小田原市生まれ
1950年　両親にともなわれ東京都台東区に転居
1968年　中央大学商学部卒業
　　　　東京都立高等学校教諭に就任
1973年　千葉県松戸市に転居
1995年　歌林の会入会
2005年　東京都立高等学校教諭を退職
2010年　エッセイ集『山行十話』（西田書店）刊行
2017年　歌集『チェーホフの背骨』（コールサック社）刊行
現住所　〒270-0023　千葉県松戸市八ケ崎6-7-19

石炭袋

歌集　風祭　　かりん叢書第376篇

2021年1月22日初版発行
著　者　望月孝一
編　集　鈴木比佐雄・座馬寛彦
発行者　鈴木比佐雄
発行所　株式会社 コールサック社
〒173-0004　東京都板橋区板橋2-63-4-209
電話 03-5944-3258　FAX 03-5944-3238
suzuki@coal-sack.com　http://www.coal-sack.com
郵便振替　00180-4-741802
印刷管理　（株）コールサック社　製作部

＊装丁　松本菜央　＊装丁写真　望月孝一

落丁本・乱丁本はお取り替えいたします。
ISBN978-4-86435-468-4　C1092　￥2000E